ELODIE ROJAS-TROVA

LE FOU

Collection Novella

© 2016, Elodie Rojas-Trova.

Édition : BoD – Books on Demand,
12-14 Rond-point des champs-élysés,
75008 - Paris, France.

Impression : BoD – Books on Demand,
Norderstedt, Allemagne.

ISBN : 978-2-322-01132-2
Dépôt légal : Février 2016

COLLECTION NOVELLA

« *Le Fou* » est le premier ouvrage de la nouvelle Collection Novella.

Histoire intense, écriture simple et délicate pour un livre qui se lit rapidement, contrairement à son grand frère le roman. La novella, dans son mode de « consommation », peut se comparer à un film. On lui offre une ou deux heures de notre temps et on emporte longtemps avec soi les émotions diverses que nous aura laissées l'oeuvre en remerciement du moment passé.

Pour en savoir plus sur ce genre méconnu et laisser votre avis sur cette lecture, visitez le site de l'auteur : http://lesmotsdelo.jimdo.com

« *Les hommes sont si nécessairement fous,*
que ce serait être fou,
par un autre tour de folie,
de n'être pas fou. »

Blaise Pascal

Il y avait les indifférents, aux regards dans le vide et visages détournés. Il y avait les hargneux, aux paroles poignardées et le doigt menaçant. Et puis, de temps à autre, il y avait les gentils, à la mine gênée et aux regards contrits. Moi, je les aimais tous. Peu m'importait, au fond, ce qu'ils me montraient. L'intéressant résidait dans le caché. Car chacun, à sa manière, ricanait derrière un masque rigide de vérités oubliées. Quel secret enterraient-ils au plus profond d'eux-mêmes, sous leurs carapaces d'écailles mensongères? Voilà ce qui me fascinait jusqu'à l'obsession!

Genève, Rue du Léman – Décembre 1999

Paul la regarda d'un oeil mauvais.
– Tu ne te rends pas compte de ce qui est en jeu! siffla-t-il.
– C'est toi qui ne te rends pas compte! Tu ne peux pas l'utiliser comme ça, c'est un être humain! répliqua Maria. Elle ne savait plus comment faire pour le convaincre. Il s'était laissé aveugler par cette réussite jusqu'à en oublier à qui il la devait.
– Il faut que cela cesse. Arrête avant que ça tourne au vinaigre! ajouta la jeune femme.
Paul sentait bien au fond de lui qu'elle avait raison. Mais il était trop tard. Ils avaient accompli tellement! Comment s'arrêter alors que le mal ne dormait jamais, que chaque jour amenait son lot d'horreurs à déceler et décortiquer pour tenter de les comprendre un

peu. Enfin, ce n'était pas la seule raison. Maria était peut-être dans le vrai. Son propre orgueil enflait au fil du temps, l'oppressant un peu plus chaque jour.

Le regard accusateur qu'elle lui portait était insupportable. Le mensonge n'avait pas sa place entre eux tant ils se connaissaient bien.

— Je ne te laisserai pas faire. menaça-t-elle.

— Alors tu devras m'arrêter. rétorqua-t-il en l'attrapant par le col de sa veste.

Maria sentit son coeur s'emballer tandis qu'une colère sourde s'emparait de son cher Paul, méconnaissable. Puis, sa poigne furieuse se desserra lentement. Elle le regarda tourner les talons pour s'enfuir et le temps s'arrêta.

Partie 1

Genève, Gare Cornavin – Novembre 2015

Il arriva d'un pas élégant et surfait, toisant du regard toute la clientèle, et s'installa au bout de la terrasse. A la dernière table, comme toujours, Youri ne dérangerait pas. Chaque matin il venait là observer le monde et prendre sa dose de bizarrerie humaine, accro aux émotions aigües que pouvaient lui procurer ses pairs. La serveuse s'approcha.

– Alors comment ça va ce matin?

Comme à son habitude, il ne répondit rien et elle lui servit un énorme café. Il baissa les yeux au sol et la mira intérieurement. Il n'avait cure de son physique qui attirait le badaud. Non, lui regardait ce que les autres ne prenaient pas le temps de voir. Elle était presque belle. Des cicatrices de vieilles blessures balafraient son coeur, retenant des sourires. Les soucis qu'elle cultivait couraient partout autour d'elle en lutins agités. Youri pouvait sentir chaque bataille perdue et chaque espoir mourir un peu plus à mesure que passaient ses jours et ses années. Remuant son café trop chaud, il sourit en imaginant la rébellion impossible de cette femme prisonnière de sa propre vie. Ça aurait été tellement beau ! Elle aurait lâché son plateau dans un bruit fracassant. Elle aurait ri au nez du patron et serait partie en dansant dans le froid du matin. Oh oui, ça aurait été magnifique !

Il se mit à rire en éclats sonores et incompris. Evidemment, personne ne comprenait jamais ! Les autres étaient aveugles à tout ce que son esprit lui jetait en pâture : des idées colorées au fil des heures qu'il passait là.

– Oh, ça suffit ! lui lança d'un ton agacé son voisin de table.

Celui-là était des hargneux. Son crâne dégarni

luisait dans la lumière blafarde de la ville et ses petits yeux se plissaient sous des sourcils éternellement froncés. La méchanceté entourait son cou presque jusqu'à l'étouffement alors que des bribes de jalousies aigries s'accrochaient à ses bas de pantalons. Elles grouillaient comme de la vermine, se rapprochant dangereusement de Youri. Il recula sa chaise et ramassa ses jambes pour ne pas risquer d'être atteint. L'autre leva les yeux au ciel et continua à grommeler son mécontentement.

– Ne vous en faites pas, il n'est pas méchant. lui souffla la serveuse.

Evidemment Youri n'était pas méchant ! C'était l'autre! Encore une qui ne comprenait rien.

Tout comme les gens qui allaient et venaient au travers des portes coulissantes de la gare. Ils trainaient de petites valises et d'énormes problèmes. Ils parlaient dans leurs téléphones et souriaient d'un air moqueur quand ils le voyaient discuter avec la vie. Mais il ne s'en souciait guère. Il avait compris depuis longtemps que certaines choses, en demeurant incomprises, deviennent des secrets bien gardés.

Le violoniste s'approcha d'un pas rapide et le salua de la tête avant d'aller se poster à quelques mètres de là. Il lui faisait peur. De drôles de gnomes ensanglantés le suivaient toujours, armés de haches et de grands couteaux rouillés. Ils restaient dans son dos et à ses côtés, menaçant de le tuer si il arrêtait de jouer. Un jour, l'un d'eux avait raté de peu le musicien après une pause trop longue, alors qu'ils fumaient ensemble une cigarette. Depuis, Youri ne lui adressait plus la parole et le fuyait, tellement il avait peur de devenir le témoin, voire l'instigateur, d'un atroce bain de sang. La serveuse revint déposer le journal sur sa table sans obtenir de merci.

Pourtant, il adorait lire le journal et il lui était reconnaissant de le lui garder chaque jour. Il épousseta les quelques miettes qui trainaient là et regarda la une. La photo énorme d'une jeune fille sans sourire le dévisageait en noir et blanc. « DISPARUE » titrait le canard en espérant attirer le lecteur. Il lut l'article, puis un autre, tournant les pages molles avec application. Les lettres couraient un peu partout comme dans la soupe, mais pas un mot ne lui échappait. Le bruit des clients et des passants, le violon du roumain : pas un son ne réussissait à pénétrer la bulle de quiétude qu'il formait autour de lui en lisant. Quand il eut rattrapé les dernières lettres du dernier mot et qu'il eut rangé le point final derrière elles, il releva la tête. Le ciel gris s'était dégagé et le soleil brillait sans réussir à réchauffer cette atmosphère humide de novembre. Décidant d'aller faire un tour, il se leva lentement. Il sauta trois fois à pieds joints pour éviter les chapelets d'arrogance qui s'échappaient du patron du café, et s'éloigna sans hâte. Youri descendit la rue du Mont-Blanc, s'arrêtant devant une vitrine bien garnie de montres dorées et de couteaux aigus. La vendeuse qu'il connaissait bien le salua gentiment. Curieux, il passa la tête dans l'encadrement de la porte pour observer les pendules. Des centaines de tic-tac lui sautèrent aux oreilles, les balanciers allant de gauche à droite sans une trêve et les coucous sortant de leurs chalets pour le toiser de haut. Cela lui rappela le vieux chalet où ils passaient l'hiver, avant, et les balades dans les forêts de sapins blancs. Il s'échappa avant que le bruit ne s'empare de son esprit et continua son chemin jusqu'à arriver devant le pont aux drapeaux colorés. Youri tourna à gauche et se promena le long du lac. Le ciel changeait, dessinant des ombres allongées sur le sol ou découvrant un joli soleil trop blanc. Les touristes s'enrubannaient d'émerveillement, les jeunes couples paradaient leurs amours tous neufs et le jet d'eau perçait tout cela sans jamais faillir. Il se retrouva bientôt au pied de son immeuble, et monta les marches brunes jusqu'au premier. Avant qu'il ait eu le temps de frapper, la porte s'ouvrit et la gentillesse de sa voisine l'éclaboussa, le laissant trempé de bonheur des pieds à la tête.

– Ah Youri ! Je commençais à m'inquiéter. Allez, on passe à table, viens ! lui ordonna-t-elle doucement. Il entra et s'installa dans la petite cuisine. Chaque jour depuis plus de quinze ans, sa voisine lui préparait à manger et l'attendait pour partager son repas. Elle était la seule personne qui se souciait réellement de lui, sans jugement et sans autre contrepartie que la

promesse de sa présence le jour suivant. Maria s'occupait même de son linge ou venait faire un peu de ménage chez lui de temps à autre. Un halo de lumière dorée l'enveloppait de douceur et des petits bisous galopaient sur son corps, glissant de sa bouche le long de ses bras. Ils sautaient sur le sol tout autour d'elle et parfois venaient grimper sur lui pour le chatouiller. Il se mettait à rire et elle le regardait en soupirant.
– J'aime bien quand tu ris. lui disait-elle.
Ils mangèrent tandis qu'elle parlait, lui racontant sa matinée. Youri se contentait de l'écouter, le regard rivé sur son assiette, sans jamais répondre. Elle non plus ne le comprenait pas, mais elle acceptait. Le repas fini, il la regarda enfin dans les yeux en guise de merci et rentra chez lui passer l'après-midi. Le calme de son appartement lui convenait pendant la journée. Il en profitait pour lire ou faire tourner l'ancien tourne-disque

pour regarder les notes tourbillonner dans son salon. Mais la nuit, les démons qui s'amoncelaient dans tous les coins l'assaillaient de trop d'angoisse et il préférait dormir dehors, dans la rue où il n'était jamais seul. Le soir venu, il prit donc son duvet et sortit dans la fraicheur automnale. Traversant rapidement le quartier trop animé des Pâquis, il évita la gare et remonta vers les Grottes. C'était mercredi soir et il y avait une lecture publique à la Galerie. Youri aimait bien cet endroit où les gens venaient boire des mots dans la pénombre. Il entra discrètement et se plaça au fond de la pièce pour écouter. L'auteur lisait ses écrits à une petite audience qui l'écoutait religieusement. Les mots sortaient de sa bouche en cascade, roulaient par terre en riant ou s'envolaient comme des bulles pour éclater aux oreilles des participants. Il resta un moment, accepta un verre de vin, puis s'éclipsa pour retrouver l'air de la nuit. Ses pieds l'emmenèrent jusqu'au parc des Cropettes, et il se promena un moment pour chercher où dormir. Quand soudain, un sanglot perça son silence. Il du faire quelques pas de plus entre les buissons avant de l'apercevoir. Avançant encore un peu, il se retrouva clapotant dans une mare de pleurs amers. La jeune fille leva vers lui de grands yeux terrifiants et apeurés. Un long voile d'innocence la recouvrait, déchiré, souillé de vieux sang marron et de larmes séchées. Le chagrin l'enveloppait comme un cocon, laissant à peine passer de minuscules éclairs de souffrance. Autour d'elle, des lettres moqueuses dansaient une ronde insolente :

D... I... S... P... A... R... U... E...

Il resta tétanisé devant ce visage sans couleur qui le fixait dans la nuit.

Genève, Parc des Cropettes – 23:00

La jeune fille du journal le questionna du regard tandis qu'il se balançait d'un pied sur l'autre dans ses larmes. Qu'allait-il faire ? Lui, les yeux fuyants, la bouche éternellement close et la tête parfois à l'envers. Il n'aurait certainement rien fait si il n'avait pas senti. Il aurait porté ses pas vers un autre buisson, passant son chemin. Mais voilà : il avait senti, tout comme elle, le monstre qui rôdait. Elle porta un doigt à sa bouche en signe de silence. Il approchait ! Youri pouvait l'entendre hurler sa colère. La peur ensevelit l'adolescente sous un tas d'ignobles pensées et il se retrouva presque seul. Le monstre apparut soudain en face de lui. Il était immense ! D'énormes pustules recouvraient son visage marqué d'ignominie. Il avança en direction de la fille et s'arrêta net en voyant Youri, les oreilles brisées par les gémissements de cette petite. Il releva la tête et toisa le monstre. Une cape de cruauté enveloppait tout son corps putride et la terreur... la terreur ! ... émanait de lui et envahissait tout. Non, Youri ne passerait pas son chemin ! Il avait compris. Une branche cassée sauta dans sa main et il s'avança vers le monstre. Sans hésitation, mû par le supplice de l'adolescente, Youri se rua sur lui et le frappa de toutes ses forces en regardant la douleur le figer. La créature s'écroula dans la boue, un filet de sang s'évadant en serpent de sa bouche tordue. En un instant, leur secret se brisa dans un hurlement strident. Non, il ne fallait pas ! Les autres ne comprendraient pas, ils ne comprenaient jamais...

La jeune fille se jeta dans ses bras, des larmes libérées jaillissant de ses yeux noirs. Youri la prit par la main et l'emmena loin, aussi vite qu'il le pouvait. Il devait la cacher, empêcher les autres de lui faire du mal. Cette fois il avait pu vaincre le monstre. Une étrange euphorie monta dans sa tête même si il savait que rien n'était gagné. Il pouvait encore voir la peur frissonner sur le visage effaré de la fille. La serrant contre lui, Youri la guida hors du parc. Leurs pas bien calés sur les battements affolés de leurs coeurs, ils arrivèrent chez Youri sans avoir jamais échangé un mot.

Carouge, Place de l'octroi — 05:56

Le téléphone vibra sur la table de nuit de l'inspecteur Thorens. Il ouvrit un oeil méfiant et attrapa d'un geste mauvais l'objet du délit.

– Mmmm ?

– Chef ?

– Mmmm !

– On a un cadavre.

– C'est elle ?

– Non, c'est le beau-père.

– ...

– Vous êtes là chef ?

– Mmmm.

Il raccrocha rageusement, se leva pour s'habiller malgré les faibles protestations de sa femme, et s'empressa de filer sur les lieux du crime. Il pesta en mouillant ses chaussures neuves dans la rosée du matin pour rejoindre son équipe.

– Ah chef, vous voilà ! s'écria son jeune assistant.

– Pas trace de la fille ? coupa l'inspecteur.

– Non, rien. On a trouvé le corps de son beau-père il y a une demi-heure. Le doc dit qu'il a été tué en fin de soirée. C'est peut-être elle?

Thorens se pencha sur le cadavre. L'homme qu'il avait rencontré la veille au matin, la cinquantaine, mal rasé, petit et épais comme un tronc, mauvais genre, gisait là dans une flaque de sang coagulé. Une grosse branche était jetée un peu plus loin. On s'était acharné sur lui. Des touffes de cheveux et des morceaux de peau étaient restés collés à l'arme qui l'avait tué. Non, la fille était taillée comme une feuille de papier avec des bras en allumettes. Ce n'était pas elle. Son ravisseur ? Ça faisait sens.

– Ça pourrait être le ravisseur de la gosse. pensa-t-il tout haut.

– Le beau-père les aurait retrouvés et le gars l'aurait tué pour garder la gamine ?
– Possible. Des nouvelles de la mère ?
– C'est une junkie, elle est complètement H.S., rien à en tirer.

Merde alors ! La veille il avait une ado disparue, et aujourd'hui il se retrouvait avec un cadavre, une mère droguée et une jeune fille encore dans la nature, certainement dans les mains d'une personne sans scrupule.

– Pas de témoin ? demanda-t-il à son assistant.
– La vieille folle qui ramasse les caddies. répondit-il en montrant une dame qui secouait sa queue de cheval blonde dans tous les sens. Elle dit qu'elle rentrait chez elle quand elle a entendu un cri horrible. Elle s'est approchée et a vu un homme qui s'éloignait avec une jeune fille.
– Fais-moi un rapport, je vais au bureau. ajouta l'inspecteur en grattant sa chevelure en bataille.

Genève, Rue du Léman – 07:43

Lina se réveilla dans un lit inconnu, au milieu d'une petite chambre où la lumière peinait à passer sous les volets entrouverts. Elle se rappela soudain les événements de la nuit passée. Il était mort ! Une joie sourde s'empara d'elle en un pauvre rictus. Il ne lui ferait plus de mal. Plus jamais elle n'aurait à prier dans son lit pour qu'il s'endorme sans lui rendre visite. Elle n'arrivait pas encore à y croire ! Les hématomes colorés qui recouvraient son corps chétif étaient encore frais. Son honneur de jeune fille abusée était encore trop malmené. Mais il était mort... Un bon début pour un nouveau jour. Elle sentait qu'elle avait gagné une bataille, mais pas la guerre. Qu'allait-elle faire? Le grand gaillard qui dormait dans le salon était bon, elle le savait, mais elle ne pourrait pas rester avec lui. Il semblait avoir du mal à s'occuper de lui-même, alors prendre soin d'elle... mieux valait oublier. Et sans compter si les flics le retrouvaient et venaient l'embarquer. Lina se pelotonna sous les draps et pensa à sa mère. Pourquoi? Ce monstre ! Pour une dose d'héroïne ?

L'adolescente voulu s'endormir pour toujours. Elle rêvait de forêts aux arbres assez gros pour la cacher, de soleils matinaux qui la feraient sourire ; elle rêvait de ne plus jamais voir ces mains sur son corps, d'oublier pour toujours l'odeur âcre de son souffle d'ivrogne.

Genève, Gare Cornavin — 08:00

La serveuse déposa machinalement le journal sur la table du fond et regarda autour d'elle d'un air surpris. Alors qu'elle travaillait au café depuis huit ans, c'était la première fois que le fou n'était pas là. La chaise demeurait vide de toutes ces petites manies et autres extravagances qu'il lui offrait quotidiennement. Elle laissa trainer son regard sur le titre bien gras :

« MEURTRE AU PARC : le beau-père de l'adolescente disparue retrouvé sans vie. »

L'espace d'une seconde, un vague sentiment d'inquiétude lui traversa l'esprit.

Genève, poste de police – 09:32

– Alain !

– Mmmm !

– On a un portrait robot.

L'inspecteur saisit la feuille que lui tendait son collègue et observa attentivement le visage grossier qu'il tenait entre les mains.

– Je suis sûr de l'avoir déjà vu. dit-il.

– Oui, moi aussi, sa tête me dit quelque chose mais j'arrive pas à le remettre. Mais bon, la vieille n'est pas très fiable non plus.

– Pourquoi ?

– Il faisait nuit, elle était loin... et elle est quand même un peu bizarre à la base. expliqua le jeune homme d'un ton moqueur.

– Mouais, enfin si on devait éliminer tous les bizarres, on n'aurait plus grand monde !

– Elle a aussi dit que le gars mesure près de deux

mètres. ajouta le policier.

– Bon, on va le diffuser. décida soudainement l'inspecteur.

– Déjà ? s'étonna son collègue.

– On ne peut pas attendre et risquer de perdre la gosse. Je suis sûr que c'est un gars d'ici. Quelqu'un va certainement le reconnaitre.

– Ok, je lance la procédure. répondit le jeune homme en tournant les talons. L'inspecteur Thorens se retrouva seul devant son bureau, se concentrant sur le portrait. Menton carré, lèvres généreuses, nez long et droit encadré de pommettes un peu trop saillantes ; ses yeux s'enfonçaient sous d'épais sourcils sombres ; son front large transpirait l'intelligence. Sans aucun doute, il avait de la gueule ce type ! Restait à savoir s'il était assez dérangé pour enlever une gamine et tuer son beau-père. S'agissait-il d'une remise de rançon qui aurait dégénéré ? Ou encore un règlement de compte liés à la prise de drogue de la mère ? En tous les cas, il espérait que le portrait-robot allait les aider à retrouver cet homme avant qu'il n'arrive encore malheur à une autre jeune fille innocente.

Genève, Rue du Léman – 17:32

Maria recouvrait de tendresse la jeune Lina. Elle passa sa journée à panser chaque blessure avec de longues bandes d'amour et de compréhension. Après toutes ces années, avoir de nouveau quelqu'un à cajoler lui semblait superbement irréel. Lina était comme un moineau abandonné, un petit être sauvage qui refusait encore un peu de se laisser apprivoiser. Mais Youri avait eu raison de la lui confier. Seule Maria et son infinie patience pourrait guérir avec douceur les stigmates de cette ignoble maltraitance.

– Tu veux une tisane Lina ?

– Non.

– Ça va ? Tu as mal quelque part ?

– Non. répéta l'adolescente une fois de plus. Et pourtant, la douleur s'échappait en lambeaux de chaque pore de sa peau blanche. La tristesse coulait sans trêve de ses yeux en ciel d'orage. Par moment, elle avait juste envie de hurler, comme ça, sans raison apparente, quand elle croyait entendre son pas sur le parquet ou le sentir ramper au fond d'elle-même. Alors, elle ouvrait grand la bouche et des centaines de papillons noirs en sortaient dans un fracas d'ailes brisées. Maria la prenait dans ses bras, la berçait comme un bébé dans une odeur maternelle inconnue jusque là, et Lina fermait les yeux, effaçait tout pour ne garder que la chanson murmurée.

– Chut, c'est fini ma chérie... c'est fini. répétait-elle inlassablement. Et Lina faisait de son mieux, de toutes ses forces, pour la croire.

– Que va-t-il lui arriver, Maria ?

– Ne t'inquiète pas, il s'en sortira. Il s'en est toujours sorti.

– Il est bon. Tu sais, c'est pour me protéger qu'il l'a tué.

– Oui, je sais.

– Mais les autres ne savent pas...

Elles restèrent en silence dans la lumière que tamisait le couchant. L'inquiétude, le doute, l'espoir aussi, rôdaient à pas de velours sur les tapis moelleux de Maria en un ballet menaçant.

Genève, Gare Cornavin – 07:00

La serveuse se figea en voyant la une du journal. Sous le titre racoleur :

« CONNAISSEZ-VOUS CET HOMME ? » s'étalait le portrait pas très flatteur du fou. SON fou ! Avant qu'elle ait pu dire quoi que ce soit, le patron s'était déjà emparé du téléphone et elle l'écouta parler dans le combiné :

– Oui, bien sûr que je l'ai déjà vu ! Il vient ici chaque matin depuis des années, enfin pas depuis hier... Il est taré ! ... Oui, je sais où il habite...

Elle n'écoutait plus. Son coeur mourait tandis qu'elle lisait l'article. Meurtre, disparition, enlèvement... Non, elle avait déjà décidé de ne pas en croire un seul mot !

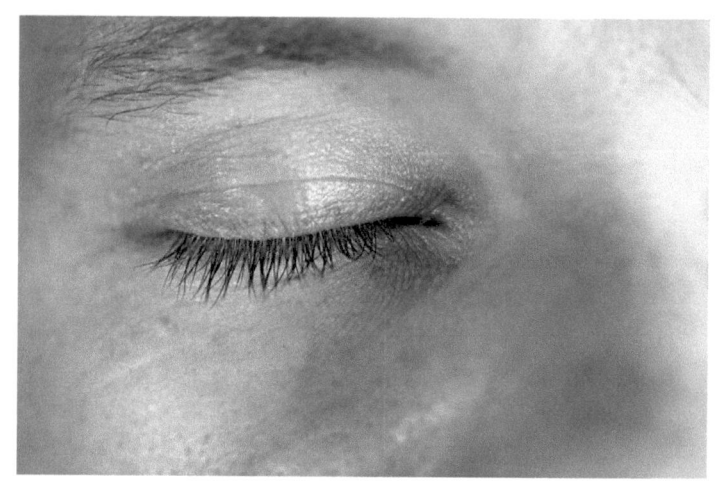

– Youri... Réveille-toi ! chuchotait-elle.

Je m'éveillais et elle ajoutait dans un murmure :

– Tu es spécial Youri.

Jamais je n'ai réussi à oublier. Chaque fois que je ferme les yeux, je la vois et j'entends encore résonner en moi sa voix douce pétrie d'amour maternel. Elle me les répétait à l'infini, ces trois petits mots qui ne m'ont jamais quitté :

– Tu es spécial.

Elle le savait. Elle avait capté dans mon oeil d'enfant le reflet dérangeant d'une vérité que j'étais seul à voir. Les mots m'ont toujours semblé mystérieux et incontrôlables. C'est sûrement pour cela que je n'en prononce jamais. J'aurais peur de ce qu'ils pourraient causer alors qu'ils filent déjà sans que l'on puisse les rattraper. Et puis on ne peut pas s'y fier. Certains mots me paraissent poignards quand d'autres coulent de miel. Certains restent fichés en travers de mon gosier en avaleur de sabres. Et puis il y a ceux de Maria, qui me plaisent bien. Quant aux miens, je préfère les garder, peureusement, peut-être aussi avec une pointe de jalousie. Je n'aime pas les donner, en tous cas pas au premier venu.

Mon truc à moi, ce sont les visages. Je me souviens un jour d'enfance, où ils se figèrent. Sous mes yeux effrayés, les faces familières étaient devenues immobiles. Cela avait duré plusieurs semaines. Et puis, un matin, elles avaient commencé à s'effriter. Les masques plâtreux s'étaient désagrégés en miettes blanchâtres de mensonges qui tombaient. Oui je me souviens, de la poussière étouffante se décollant pour laisser entrevoir une réalité éclatante, immonde ou magnifique.

Je ne sais pas comment je me suis retrouvé dans cette situation. Ou plutôt si, je ne le sais que trop bien ! J'aurais dû passer mon chemin, comme tant d'autres fois je l'ai fait. Maria m'a si souvent averti des dangers ! Peut-être que c'était le chagrin de Lina qui m'avait englué ? Sa peur qui m'aurait pétrifié ? Allons Youri ! Tu le sais bien ! C'est l'autre... Son pas assourdissant, la souffrance sortant de ses mains rouges : le mal. Le même, encore et encore, après toutes ces années. Le mal qui la détruisait en va et viens de malheur... l'insupportable.

– Tu es spécial, Youri.

– Oui, je l'ai toujours été, et je l'ai toujours su. Mais le mal me poursuit. Tu te rappelles mes cauchemars ? Ils me traquent encore dans les dédales de ma vie.

– Tu es spécial, Youri.

Ah, j'avais oublié ! C'est tout ce qu'elle pouvait dire. Ou du moins c'est tout ce dont je me rappelle. Mémoire de chiffon !

Le train s'ébranle et m'emporte comme un diable.

Où aller ? Ils vont me retrouver, ces gens normaux, ces personnes pas si spéciales.

– Pars, Youri ! Va te cacher ! m'a dit Maria en glissant la clé dans ma main. Un petit bout de fer me sauvera-t-il ? Je vais, obéissant, en regrettant déjà cette fuite qui ne me ressemble pas. Je sens la morsure de la peur sur mon coeur affolé. Les vignes bien rangées défilent en bons petits soldats feuillus. Scintillant, le lac échappe de justesse aux nuages trop bas qui tentent de l'écraser. Le bruit de ma porte qui craque envahit ma tête. Les bottes des policiers résonnent dans mes escaliers trop étroits. Sous mes paupières, je peux voir les épaules de Maria trembler d'inquiétude. Mais ils ne peuvent pas lui prendre Lina. J'ai bien fait de la laisser. C'est comme cela que ça devait se passer. N'est-il pas juste question de faire les choses comme elles doivent arriver? Ne s'agit-il pas simplement d'un destin qui devrait s'accomplir ? Je n'aime pas contrarier la providence. Qui suis-je pour seulement songer à m'opposer à l'inévitable ?

– Tu es spécial, Youri.

Oui, c'est vrai. Je l'ai compris. Mais cela va-t-il suffire ? Mes poumons s'enflent de l'haleine chaude des chiens à chaque respiration rauque. Dans mes oreilles frappe le bruit de leurs pattes à mes trousses. Je me demande quel son pourrait avoir le rire de Lina une fois le monstre mort.

Partie 2

Genève, Poste de police — 07:30

Alain Thorens ressassait cette histoire dans tous les sens. Au vu des différents témoignages, il était presque persuadé que le fou avait agi pour protéger la petite. Malgré cela, quelque chose le dérangeait : un doute indéfinissable qu'il savait ne pas devoir ignorer. Pourtant, la culpabilité du suspect n'était pas de son ressort ! Il devait le traquer, le retrouver et l'arrêter. Point... Final ?

Son expérience lui soufflait qu'il lui faudrait aller plus loin, gratter la croute trop facile de ce meurtrier particulier. L'inspecteur avait déjà été confronté douloureusement à une intuition qui lui criait d'aller à contre-sens de la logique. Il avait alors écouté la logique et avait laissé passer l'occasion de résoudre l'affaire de sa vie, celle qu'il portait depuis comme une croix le tuant à petit feu. L'ignorance était pour lui la pire des souffrances.

– Comment on avance avec les recherches ? lança-t-il d'un ton sec à son collègue.

– Je viens de recevoir un fax du canton de Vaud, quelqu'un l'aurait vu dans un train en gare de Montreux.

– Et tu attendais quoi pour m'en parler ?

– Mais...

– On n'a pas de temps à perdre ! Trouve-moi ce foutu train, je veux savoir où va ce type. ordonna-t-il.

L'inspecteur avait arrêté de fumer plus de dix ans auparavant. Et pourtant, à cet instant il ressentit de nouveau cette envie stupide et irrésistible d'allumer une cigarette. Les yeux clos, il posa les mains bien à plat sur son bureau et respira à fond en espérant un soulagement illusoire. Lorsqu'il rouvrit les yeux, une petite blonde se tenait devant lui. Frêle et osseuse, ses jambes à peine moulées dans un collant distendu semblaient à la merci du premier coup de bise. Le regard vide et les lèvres palpitantes, elle resta plantée là comme un vase Ming.

– Je peux vous aider Madame ? risqua Thorens.

Ses yeux ne frémirent même pas, mais de sa bouche rose sortit un faible son.

– Je suis la mère de Lina.

L'inspecteur se leva et fit semblant de lui serrer la main minuscule et glacée qu'elle lui tendit.

– On m'a dit de venir... Je suis là. miaula-t-elle.

Sa voix laissait penser qu'elle allait s'éteindre à tout moment, le souffle de la vie cherchant juste à s'échapper de cette femme à l'agonie.

– Oui. Merci d'être venue. Asseyez-vous Madame, j'ai quelques questions à vous poser concernant votre fille et votre... hum... compagnon.

– Mehdi ?

– C'est cela. Vous étiez ensemble depuis longtemps ?

– On n'était pas vraiment ensemble.

– Ah non ?

– Non. C'était mon dealer. J'ai commencé à coucher avec lui il y a quelques mois, quand je n'avais plus assez d'argent pour payer. Il nous a hébergées Lina et moi.

– Où étiez-vous lors de la disparition de votre fille ?

– Pas loin. répondit-elle dans un murmure honteux.

– J'étais en charge de l'enquête et je ne vous ai pas vue.

– Ok, j'étais défoncée. Je m'étais disputée avec Mehdi trois jours avant. Il ne voulait plus me fournir. Je suis partie.

– Vous avez laissé votre fille avec lui ?

– Oui.

– Vous aviez eu connaissance de maltraitance de sa part envers votre fille ?

Elle ne répondit pas. Ses épaules tremblotaient et elle frottait ses mains nerveusement sur ses cuisses maigres.

– Madame ! Saviez-vous que cet homme abusait de votre enfant ?

– Oh, ce n'est plus vraiment une enfant quand même. J'ai bien vu qu'il n'avait plus envie de moi, il la regardait. Et elle s'en plaignait pas !

Thorens fut saisi d'un haut le coeur qu'il eut du mal à réprimer.

– Vous avez consciemment laissé votre fille de treize ans à un homme qui abusait d'elle ?

La culpabilité se lisait sur son visage blême, et la colère éclata dans ses mots.

– Il la préférait ! Il ne voulait plus de moi... et il me fallait de la came... qu'est-ce que je pouvais faire ? De toute façon elle n'a jamais eu besoin de moi cette gamine !

– Julien ! coupa l'inspecteur.

Le jeune homme, abasourdi par ce qu'il venait d'entendre, sursauta en serrant la mâchoire.

– Chef ?

– Embarque-la.

– Quoi ? balbutia l'intéressée avec une moue incrédule.

Le jeune assistant lui passa les menottes pendant que Thorens récitait dans une sorte de soulagement mal venu :

– Vous êtes prévenue de non-assistance à personne en danger, d'abandon de mineure, de complicité d'acte sexuel sur mineure de moins de quinze ans par personne ayant autorité, de violation de l'obligation de soin...

La petite blonde n'écoutait plus. Chaque mot semblait tomber en coups de massue sur son corps épuisé et son esprit rongé par la drogue.

Elle leva la tête, ouvrit la bouche comme pour protester, la referma dans un éclair de résignation, et des larmes indélicates jaillirent de son regard transparent. L'inspecteur demeura impassible jusqu'à ce qu'elle eut disparue. Enfin, il frappa son bureau d'un poing inutilement vengeur.

Il y avait des jours, comme ça, où son travail lui pesait plus que de raison. Son passé mutilé l'empêchait de comprendre ce genre de personnage et lui ôtait toute compassion.

Son collègue revint vers lui avec un café salvateur. Le liquide brûlant réchauffa son oesophage en lui ôtant cette nausée qu'il sentait venir depuis un moment. Thorens se leva d'un bond, s'avança vers la carte de Suisse qui tapissait le mur et marmonna bien malgré lui :

– Où vas-tu Youri ?

Il suivit du doigt la ligne du chemin de fer qui

longeait le lac Léman. Genève, Nyon, Lausanne, Montreux, Aigle... Et après ? Le bout du lac. Il n'y avait à partir de là que peu d'options : s'enfoncer vers la montagne ou rejoindre le Valais ou encore la France voisine.

L'inspecteur savait par expérience que son fugitif irait chercher la solitude, de préférence dans la protection et la sécurité que lui offrirait un endroit familier. S'il avait voulu aller en France, il aurait passé la frontière au plus près de Genève. Alors la montagne ? Elle pouvait être hospitalière uniquement si il la connaissait bien.

– Julien !

– Chef !

– Je retourne chez lui.

– Heu... Je vous accompagne ?

– Pas besoin. Tu restes là et tu fouilles la paperasse : origines, entourage, famille, héritage, tout son passé. Il va vouloir se réfugier dans un endroit connu. Il faut aussi étendre les recherches au Valais, on ne sait jamais ...

– Ok chef.

Le policier partit vers l'appartement de Youri en oubliant son café encore fumant. De nouveau, cette intuition qui ne le quittait plus lui cria qu'il se trompait de cible.

Genève, Rue du Léman — 08:15

Une odeur indéfinissable de nourriture, de poubelle ou peut-être de pisse de chat emplissait l'escalier qui menait chez Youri. Toujours cette même odeur de vieil immeuble genevois ! Thorens monta doucement les marches pour éviter ces grincements insupportables qu'il devinait sous chaque latte. Il chercha la clé sur le trousseau qu'ils avaient récupéré de la régie, et entra. La propreté des lieux le surprit. Tout était net et bien rangé, presque minimaliste, alors qu'il s'était attendu à un fouillis sans nom, à l'image de l'esprit confus du propriétaire des lieux. L'inspecteur pénétra dans le petit salon, chaleureux et exclusivement tourné vers la solide bibliothèque qui recouvrait le mur d'en face. Pas de télé. Les étagères croulaient sous des livres bigarrés : poésie, classiques, philosophie, côtoyaient étonnamment polars et autres nouvelles plus légères. Intéressant. Des petits bibelots cuivrés luisaient doucement dans la mi-ombre. Il s'approcha d'un bureau en bois clair qui sentait bon la cire d'abeille. Un tiroir entrouvert l'invita à fouiner et une vieille photo apparut : de la neige, des visages muets, un grand bâtiment en toile de fond. Une forte impression de déjà-vu le saisit tandis qu'il détaillait le cliché. Il reconnut Youri, à côté de la voisine qui avait récupérée la petite. Elle tenait la main d'un autre homme, inconnu, mais vaguement familier. Il le connaissait ? Un menton pointu, des lèvres fines qui n'osaient pas sourire, les yeux à demi fermés par le soleil. Thorens était persuadé qu'il l'avait déjà croisé quelque part. Alors que son cerveau analysait à toute allure, cherchant un lien, une explication, il sentit son téléphone vibrer dans sa poche.

– Thorens. annonça-t-il.

– Chef, c'est Julien. J'ai quelque chose, enfin je crois.

– Balance !

– La voisine ! C'est la soeur de l'inspecteur Rochat. Elle a hérité du chalet familial à Leysin quand il est mort.

– Paul Rochat ?

– Lui-même !

– Ok j'arrive.

L'homme de la photo sembla soudain le regarder d'un air moqueur. Paul Rochat. L'inspecteur de police le plus célèbre de Suisse. Une légende ! Disparu quinze ans auparavant, son corps sans vie retrouvé dans un méandre du Rhône. Il avait élucidé des centaines de meurtres, se spécialisant dans les « cold cases », les affaires anciennes. La sienne était pourtant toujours restée un mystère malgré des soupçons surprenants d'un suicide incompréhensible. Les choses allaient peut-être se compliquer mais pour l'instant, Thorens devait se concentrer sur Youri. Le bâtiment de la photo ? L'ancien Grand Hôtel de Leysin, charmant petit village de montagne où il avait lui-même passé de superbes week-ends en famille. Il se rappela les rires surpris de sa fille découvrant la neige en chantant et en dansant dans sa jolie veste neuve : une autre époque, où la joie était restée prisonnière.

L'inspecteur rangea soigneusement la photo dans la poche intérieure de sa veste et sortit de l'appartement. A peine avait-il refermé la porte que celle d'en face s'ouvrit aussitôt. Maria, la mine inquiète et les traits tirés, s'avança vers lui jusqu'à toucher son bras.

– Vous l'avez trouvé ? risqua-t-elle.

– Cela ne saurait tarder. affirma le policier.

– Je vous en prie, ne lui faites pas de mal ! Il est

innocent.

– Ce n'est pas à moi d'en juger. Je me contente de le retrouver et de l'arrêter.

– Vous ne comprenez pas ! Youri est spécial.

– Comment ça ?

– Il a un don.

– Ça oui, il a le don de semer des cadavres partout où il passe ! ironisa-t-il. Pourquoi ne m'avez-vous rien dit concernant votre frère ?

– Qu'est-ce que je devais vous dire ? Il était mon frère. Il est mort. En quoi cela vous regarde ? Et puis, à ce que je vois vous ne comprenez rien non plus ! lâcha-t-elle.

Les larmes aux yeux, elle fit mine de partir avant que Thorens ne la retienne.

– Attendez ! Je ne peux pas comprendre si vous ne voulez pas m'expliquer. Youri serait-il aussi impliqué dans la disparition de votre frère ? Je sens bien que vous me cachez des choses. Je dois savoir à quoi m'attendre.

Maria le regarda avec attention, s'accorda un instant comme pour juger si il méritait de savoir, et lui répondit doucement :

– Youri a beaucoup aidé mon frère. Paul le considérait comme un fils, il a résolu beaucoup d'enquêtes grâce à lui, ils travaillaient ensemble... jusqu'à ce que Youri commence à fatiguer. Il ne supportait plus d'être confronté à tous ces criminels. Ça l'affectait beaucoup. Et puis il y a eu une affaire... il n'a pas réussi à aider Paul et ça c'est mal terminé.

– Mais de quelle manière pouvait-il aider votre frère exactement ?

– C'est ce que je vous disais ! répliqua-t-elle en criant presque, et elle ajouta doucement d'un air gêné : Youri a un don. Comment dire ? En fait, il voit le mal.

L'inspecteur se sentit un peu idiot. Est-ce que

cette femme délirait, elle aussi ? En tous cas, il n'avait plus le temps d'écouter ces sornettes.

– Bien ! Je dois y aller maintenant, je vous remercie d'avoir répondu à mes questions...

– Ne vous excusez pas, je sais bien que vous ne me croyez pas. Mais vous verrez, quand vous serez en face de lui, il lira en vous comme dans un livre. Et si il y a une once de méchanceté en vous, il la décèlera et vous la renverra en pleine figure. Allez-y donc, mais soyez prêt à découvrir la vérité dans ses yeux! répondit-elle.

Thorens, mal à l'aise, la laissa sans autre sur le palier et partit rapidement. Ses hommes l'attendaient déjà pour aller à Leysin. Il se doutait bien qu'il allait découvrir sûrement plus qu'un simple suspect, mais l'inspecteur avait hâte de retrouver Youri. La confrontation s'avérait plus que nécessaire. Allait-elle pour autant confirmer ce cri à l'intérieur qui se faisait de plus en plus fort? Jamais ce trajet jusqu'à Leysin qu'il connaissait par coeur ne lui avait parut si sombre et interminable! L'angoisse était presque palpable dans la voiture qu'il conduisait. Préparant les détails de leur intervention à venir, aucun de ces hommes ne prêta attention au magnifique paysage que la route déroulait autour d'eux.

Leysin, Canton de Vaud — 18:25

Il commençait à faire nuit quand Youri arriva au village. Les souvenirs qu'il avait soigneusement laissés là revenaient à sa mémoire en boîte de Pandore. Il regretta que Maria ne puisse pas être ici pour voir avec lui ce paysage qu'ils avaient tant aimé.

L'air frais de la montagne lui déchirait les poumons alors qu'il marchait lentement au milieu des chalets aux toits pentus. Plus de dix ans sans venir ici, et pourtant rien, ou si peu, n'avait changé. Il reconnaissait sans peine chaque arbre, chaque boucle que formait la petite route sinueuse menant au Grand Hôtel. Bientôt il passa devant l'énorme bâtiment reconverti en prestigieuse école. Admirant les balcons aux fines colonnes travaillées, il s'imagina un intérieur feutré et élégant derrière les quelques fenêtres qui commençaient à s'allumer. Encore un virage. Youri s'enfonça dans un sombre sentier entre les sapins. Peu importait ! Il aurait pu y aller les yeux fermés. Le vieux chalet des Rochat apparut enfin et il fut presque surpris de le voir toujours là, immuable, à l'abri de tout ce qui avait pu se passer depuis les années heureuses. Tant de choses s'étaient écroulées depuis, mais pas lui ! Dominant ses doigts gelés, il fouilla dans sa poche pour en sortir la petite clé magique de Maria, et ouvrit la porte.

D'abord c'est l'odeur qui l'envahit. Ça sentait le feu de cheminée éteint, le bois de sapin et ce savon de Marseille que Maria aimait tant. Ça sentait les petits sachets de lavande dans les placards, les épices du thé de Noël et un léger arôme de tarte aux pommes à la cannelle. Ça sentait le bonheur, tout simplement, ce bonheur qu'il avait vu s'échapper en rampant le long du sentier. Sa main retrouva à tâtons le tiroir des allumettes et aussitôt la vieille lampe à huile répandit une douce lumière, repoussant les ténèbres au dehors. Youri réalisa que c'était la première fois qu'il venait ici tout seul. Le silence sifflait dans ses oreilles comme jamais. Il ôta ses chaussures, glissa ses chaussettes sur le parquet du salon jusqu'au foyer où il entreprit d'allumer un bon feu. La chaleur et le crépitement des flammes le réconfortèrent immédiatement. Il laissa son visage rougir près du feu pendant un long moment. Lorsqu'il s'écarta enfin, Paul était là, assis dans son fauteuil préféré.

– Youri ! Pourquoi as-tu attendu si longtemps avant de venir me voir ? reprocha-t-il gentiment.

Sous le coup de l'émotion, Youri se jeta à ses pieds et, posant sa tête sur les genoux de Paul, se mit à sangloter comme un enfant.

– Oh Paul ! Mais pourquoi es-tu parti ? Tu nous

as causé tant de peine à Maria et à moi !

– C'était mieux ainsi. répondit Paul en passant sa main dans les cheveux du jeune homme. Tu le sais, j'aurais fini par te faire souffrir. Et puis je suis bien ici. Je n'ai jamais été très loin de vous.

Youri secoua la tête en gémissant. Il pouvait voir à nouveau la nuit genevoise, le brouillard à la Jonction qui cachait l'autre rive. Il entendit les cris, revit pour la millième fois Paul sauter dans l'eau glacée de novembre. Son corps gonflé, ses cheveux d'argent flottant autour de son visage inanimé...

– Pardonne-moi Youri. chuchota Paul dans son esprit. Mais tu n'es pas ici pour ça, n'est-ce pas ? Tu n'es pas venu ici pour moi. Concentre-toi.

Se recroquevillant dans le sofa près des flammes, Youri ferma les yeux sur ces mots étranges et s'endormit presque aussitôt. Une petite fille courait dans la neige fraîche avec ses bottes neuves et une veste rouge vif. Elle chantait encore un air d'enfant en disparaissant. Il ne resta que la blancheur, quelques traces au milieu des brindilles cassées, un morceau de tissu écarlate comme le mal, et le silence. Pas un cri ne sortit de derrière cette main qui l'étouffait. Rien que le silence attendant sagement les appels désespérés d'un père qui se brisait.

— Milène ! cria Youri dans son sommeil. Et il n'eut d'autre choix que de regarder dans les yeux encore un autre monstre emporter une autre fillette.

Il se réveilla en sursaut. Le feu s'était éteint et un froid particulier s'avançait vers le chalet à mesure que le jour se levait.

— Il va neiger. annonça Paul.

— Chouette ! J'adore la neige ! s'écria Milène. Youri, dis à Papa que j'ai besoin de nouveaux gants, j'ai perdu les miens.

– Je le lui dirai quand je le verrai. promit-il à l'enfant.

– Tu dois partir Youri, ils arrivent !

– Oui Paul, je sais.

– Prends la petite avec toi.

Il chargea son gros sac à dos et serra la petite main potelée que lui tendait la fillette.

– Allez, viens Milène, on s'en va.

La porte claqua sans bruit derrière eux et ils commencèrent à marcher dans la montagne. Quelques flocons timides tombèrent mollement. C'était la première neige de l'année. Rapidement il se mit à neiger de plus en plus fort et déjà le paysage se métamorphosa. Le vert des buissons, le marron boueux du chemin, le bleu pâle du ciel : tout cela devint d'une blancheur éblouissante. La neige recouvrait déjà tout quand les voitures de police approchèrent du vieux chalet. L'inspecteur Thorens et ses hommes fouillèrent les environs mais Youri était parti depuis longtemps, en route comme il aimait le dire, vers l'inévitable.

– Chef, il a certainement passé la nuit ici, les cendres dans la cheminée sont encore tièdes.

Thorens promena son regard partout aux alentours. En contrebas du chalet, une vue splendide embrassait toute la vallée et le village qui s'y nichait. Vers le haut de la maison, une mer de sapins s'étendait et se perdait, à peine griffée par un semblant de chemin jusqu'au sommet de la montagne.

– Par là ! cria-t-il en s'enfonçant dans la forêt.

La neige ralentissait la difficile progression des policiers et ne laissait voir aucune trace du passage de Youri. Pourtant l'inspecteur sentait qu'il devait continuer dans cette voie. Le chemin devint de plus en plus étroit et pentu mais cela ne l'arrêta pas. Au contraire, il accéléra la cadence, laissant ses hommes se distancer derrière lui jusqu'à disparaitre dans ce paysage de coton.

Youri était arrivé jusqu'au promontoire qui marquait la crête de la montagne. Au printemps le panorama était à couper le souffle mais ce matin-là, tout se fondait dans cette purée blanche et glaciale qui l'enveloppait. C'était là. La voix dans sa tête le lui avait dit : il devait amener Milène jusqu'ici, près du grand rocher au bord du précipice. Il se sentit soudain tellement fatigué ! Il en avait assez d'être si spécial dans ce monde si banal et puis il ne pouvait pas tout empêcher.

– Youri ! Je n'aime pas être ici, il fait trop froid et j'ai peur ! se plaignit la fillette en s'agitant.

– Chut! Ne crie pas comme ça. Allons, viens près de moi, nous devons attendre encore un peu. chuchota Youri en serrant la petite contre lui.

Au milieu de la chute feutrée de la neige, il entendit un frottement. Puis un autre. Un rythme régulier qui s'approchait d'eux depuis la forêt.

Thorens commençait vraiment à fatiguer de sa course affolée dans la forêt. Il s'arrêta une seconde pour se rendre compte que les arbres se clairsemaient enfin. Il continua, finit par émerger de la lisière du bois et se retrouva sur un espace dégagé face à la crête. Quand il tourna le regard vers la droite, il aperçut son homme, tranquillement adossé à un énorme rocher qui l'abritait du vent. L'inspecteur eut du mal à y croire, tellement ce géant fugitif semblait l'attendre paisiblement.

Youri leva les yeux à son tour et regarda le policier s'approcher de lui avec prudence. Il ne l'avait pas imaginé comme ça. Le bonhomme n'était pas très grand, ses cheveux bouclés lui donnaient un air hirsute presque comique mais Youri pouvait le voir pleurer une peine qui ne s'effacerait jamais de ses yeux bleus. Milène courut vers lui et ne le quitta plus, s'appuyant sur son flanc droit pour éviter qu'il puisse prendre son arme. Pourtant il ne la vit pas et continua à s'avancer vers Youri.

– Monsieur, savez-vous qui je suis ? lui cria-t-il en montrant son identification policière.

Youri le dévisagea attentivement et répondit sans hésiter :

– Vous êtes le papa de Milène.

Et c'est à cet instant que le monde entier tomba sur les épaules de l'inspecteur. Il tenta de refouler le chagrin que Youri voyait couler de sa bouche mais il ne put que demeurer muet, ne sachant plus que penser. Il s'en était douté pourtant. Il avait entendu le cri et avait tenté de le refouler sans plus de succès que des années en arrière il n'avait réussi à l'écouter.

Youri s'approcha de lui jusqu'à se coller devant son visage meurtri et chuchota :

– Vous n'êtes pas venu ici pour moi Monsieur

Thorens.

Et il planta ses yeux dans les siens pour lui montrer la neige, la veste rouge, la main, les gants perdus, une petite tombe... et la douleur...

– Elle vous attend. Elle est là. ajouta Youri en montrant du doigt une petite clairière près du rocher.

Alain Thorens regarda le sol blanc que lui montrait le fou et il comprit alors que sa petite fille était enterrée là depuis toutes ces années. Il ne savait pas pourquoi, ni comment et encore moins ce que Youri avait à voir là-dedans, mais il se rappela simplement les mots de Maria :

– Allez-y donc, et soyez prêt à découvrir la vérité dans ses yeux! avait-elle prévenu sans qu'il comprenne alors à quel point elle avait raison.

La douleur et la tristesse s'emparèrent de tout son être et le pétrifièrent.

C'est là que le fou l'attira à lui et le prit dans ses

bras immenses. D'abord réticent, Thorens se laissa aller et soudainement ce fut comme si tous les sentiments qui le submergeaient jusqu'alors avaient décidé de disparaitre. L'inspecteur ne ressentit plus rien d'autre qu'une paix indescriptible. Un intense soulagement remplaça toute l'angoisse qu'il avait combattu depuis la disparition de sa fille. La tristesse était toujours là mais elle s'atténuait à mesure qu'il pouvait comprendre. Il s'écarta de Youri et demanda, la voix tremblante :

– Pourquoi tu sais ?

– Paul disait que c'était un don. Je n'en suis pas sûr. D'ailleurs, je ne peux pas toujours arrêter le mal. Pour Lina j'ai réussi mais pas pour Milène, je suis désolé.

– Qui a fait ça ?

– Tu le sauras bien assez tôt, et tu découvriras que cela n'a pas tellement d'importance. Il y a des monstres partout et leur visage est toujours le même.

– Tu dois m'aider Youri. J'ai besoin de savoir !

Thorens entendit ses collègues qui l'appelaient. La neige s'était arrêtée de tomber. Seuls quelques flocons tourbillonnaient lentement et le ciel se dégagea au dessus de la brume qui recouvrait la vallée. Mais les deux hommes n'y prêtèrent pas la moindre attention. Le policier ne savait pas quoi faire. Il aurait voulu arrêter Youri pour pouvoir l'interroger plus longuement. Il devait l'arrêter ! Mais tout cela n'avait aucun sens dans la logique judiciaire.

– Et oui, je ne suis qu'un pauvre fou. lui lança Youri comme si il avait lu dans ses pensées. Il escalada le gros rocher et scruta la forêt d'où sortirent deux policiers essoufflés.

– Chef ! cria l'un d'eux.

Thorens se retourna vers ses hommes et vit leurs

yeux s'écarquiller en regardant derrière lui. Il tourna la tête à nouveau et Youri sauta sans aucune hésitation. Sa silhouette disproportionnée virevolta dans les airs un instant puis se perdit dans le brouillard en contrebas. Les trois hommes, stupéfaits, se précipitèrent au bord de la petite falaise mais il n'y avait plus rien à voir. Tout n'était que blancheur, comme si rien de tout cela n'avait jamais existé. Thorens refoula ses larmes et, ignorant les questions, montra le sol près du rocher en ordonnant :

– Creusez ici ! Je rentre chez moi.

Et il repartit, se frayant difficilement un passage dans la poudreuse immaculée. La petite Milène l'accompagna un moment avant de disparaitre pour toujours. Hors de vue du regard interloqué de ses collègues, l'inspecteur s'effondra et se mit à pleurer dans le silence de la forêt.

La Gazette

Vendredi 13 Novembre 2015

MEURTRE DES CROPETT

Alors que la police allait procéder à l'arrestation du principal suspect du meurtre survenu au parc genevois des Cropettes, une course-poursuite s'est engagée dans une région montagneuse près du village de Leysin (VD). Le suspect a chuté de manière accidentelle du haut d'un promontoire rocheux. L'inspecteur Alain Thorens, en charge de l'enquête et qui se trouvait sur les lieux, a indiqué que la zone à la géographie fortement escarpée rendait compliquées les manoeuvres de recherche. Le corps du malheureux est pour l'instant porté disparu. Nous ignorons à cette heure le motif éventuel du meurtre initial. La police genevoise s'est refusée à tout commentaire relatif à cette affaire dont l'enquête est encore en cours.

E.B.

Genève, Gare Cornavin — 07:02

La serveuse parcouru l'article en essayant de garder espoir. Peut-être s'en était-il sorti après tout! Mais quelque chose en elle se brisa. Elle respira profondément, jeta le journal sur la table du fond, regarda la chaise vide, et pour la première fois de sa vie, elle prit une décision.

Son patron la regardait déjà bizarrement mais ses yeux s'arrondirent avec horreur quand il la vit soudainement lâcher son plateau. Le fracas des tasses brisées fit sursauter tous les clients. Sans sourciller, elle commença à défaire son tablier et le laissa aussi tomber au sol.

Enfin, elle se mit à rire. D'abord un petit ricanement nerveux, presque un sanglot, qui se transforma en un rire fort et généreux. Elle tourna les talons sans même se soucier de son patron qui gueulait et s'en alla d'un pas

tranquille. On pouvait encore entendre ses éclats triomphants tandis qu'elle descendait la rue du Mont-Blanc. Elle arriva au bord du lac presque en courant, les cheveux défaits, le vent ramenant de minuscules gouttelettes argentées sur son visage rougissant. Jamais l'air humide et froid du Léman ne lui avait paru si vivifiant! Non, la vie ne se contenterait plus d'être la triste antichambre d'une mort annoncée!
Enfin, elle avait compris.

La Gazette

Lundi 16 Novembre 2015

Le corps d'une fillette retrou

Incroyable découverte que celle effectuée par la police dans une zone boisée aux alentours du village de Leysin (VD). C'est dans des circonstances troublantes, alors qu'ils procédaient à une simple arrestation, que les policiers ont trouvé une tombe dans la forêt: un corps d'enfant reposait dans un cercueil de fortune. Il s'agirait de la petite Milène Thorens, disparue il y a quatre ans alors qu'elle était âgée de seulement six ans au moment des faits. Le ministère public a ouvert une enquête pour enlèvement, meurtre et dissimulation de cadavre, et n'a pas souhaité commenté d'avantage cette découverte. E.B.

Si j'avais sauté un jour avant, il n'y aurait pas eu toute cette neige pour amortir ma chute. Si j'étais arrivé une heure plus tard, c'est peut-être le cadavre de Lina qu'ils auraient retrouvé dans ce parc. Si Alain Thorens avait suivi la bonne piste, il aurait peut-être retrouvé sa fille vivante.

Voilà à quoi tient la vie parfois : quelques jours, des petites minutes ou même des secondes qui courent sans que nous nous en rendions compte.

Aujourd'hui les passants me semblent trop nombreux sur les pavés usés des ruelles d'Annecy. Même s'ils s'écartent lorsque je m'approche, je les trouve innombrables. Moi qui vois tout quand ils me croient aveugle, je finis par fermer les yeux sur leurs défauts qui m'assaillent. Je ne regarde plus que la beauté, cachée tour à tour dans une faille, un oeil brillant ou un geste inespéré. Je bois leurs rires à petites lampées, me nourrissant de leur foi innocente.

C'est la seule manière pour que le mal m'apparaisse, isolé et à la merci de mon cerveau entortillé.

Hier encore j'ai vu dans le journal du matin ce pauvre inspecteur enterrer sa joie fanée dans un minuscule cercueil de chagrin. Mais aujourd'hui, je le sais aguerri, prêt comme moi à poursuivre la grande araignée avant qu'elle ne tisse sa toile de malheur. L'ignorance n'est plus. La souffrance attendra.

Certes, la moisson est grande et il y a peu d'ouvriers ! Cependant la neige ne m'engourdit pas. Le vent dans les sapins ne fait même pas pleurer mon regard affûté d'épée victorieuse.

Ma folie ne se résigne pas. Malgré tout ce bon sens qui voudrait la faire ciller, elle danse sur les tombes des monstres abattus, virevolte en hurlant dans les rues désertées des peuples endormis. Elle reste l'insolente, se jouant des tempêtes vigiles de leurs épreuves, moquant leurs interdits. Je le sais, je me tiens prêt à abattre mes cartes quand ils viendront pour tuer le joker. Elle me l'avait dit quand j'étais petit garçon. Je dois rester pour les Lina, les Maria, les Thorens et les petites fleurs qui chantent dans la neige au coeur des forêts. Le mal ferait bien mieux de se méfier ! Mesdames et Messieurs qui passez sans me voir, à vous je peux le dire : ma folie ne se résignera jamais.

À tous ceux que j'aime à la folie,

ils se reconnaitront.

Car il n'y a rien de plus beau qu'une aliénation

causée par l'amour d'un coeur pur.

 Elodie Rojas-Trova est née un rare jour de neige dans le sud de la France. Sa vie est marquée par de nombreux voyages, notamment en Espagne, aux U.S.A., ou encore au Maroc. Aujourd'hui installée à Genève avec son époux et leur petite fille, elle s'inspire de son passé, de ses racines familiales profondément méditerranéennes ainsi que de l'Humain et ses nombreux sentiments pour écrire dans un style doux et poétique. Passionnée de littérature courte, elle se spécialise dans la poésie, la nouvelle, ou comme ici la novella (ou roman court).

Du même auteur :

Premier Rendez-Vous,
poèmes choisis.
BoD Editions, Septembre 2015
ISBN : 978-2322040919

Le Chant Du Coucou,
recueil de nouvelles inattendues.
BoD Editions, Octobre 2015
ISBN : 978-2322019991